Montem Primary School
Hornsey Road
London N7 7QT
Tel: 020 7272 6556
Fax: 020 7272 1838

Leo Lionni

Petit-Bleu et Petit-Jaune

*Une histoire pour Pippo, Ann
et tous les enfants*

lutin poche de l'école des loisirs
11, rue de Sèvres, Paris 6ᵉ

Voici Petit-Bleu.

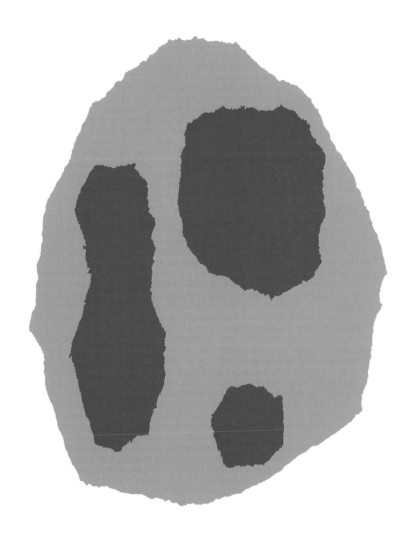

Il est à la maison avec Maman–Bleu et Papa–Bleu.

Petit–Bleu a beaucoup d'amis.

Mais son meilleur ami c'est Petit-Jaune

qui habite dans la maison d'en face.

Ils aiment jouer à cache-cache

et faire la ronde.

En classe, ils doivent rester tranquilles et sages ;

mais après la classe ils courent et sautent.

Un jour Maman-Bleu lui dit :
« Je dois sortir ; attends-moi à la maison. »

Mais Petit-Bleu veut jouer avec Petit-Jaune
et il va le chercher dans la maison d'en face.

Mais la maison est vide.

Où est Petit-Jaune ? Il le cherche par-ci,

il le cherche par-là,

il le cherche partout… jusqu'à ce que, soudain,
à l'angle d'une rue…

Le voilà !

Tout heureux, ils s'embrassent.

Ils s'embrassent si fort...

… qu'ils deviennent tout verts.

Ils vont s'amuser dans le parc,

ils creusent un tunnel.

Ils rencontrent Petit-Orangé.

Ils grimpent sur une butte.

Et quand ils sont fatigués,

ils rentrent à la maison.

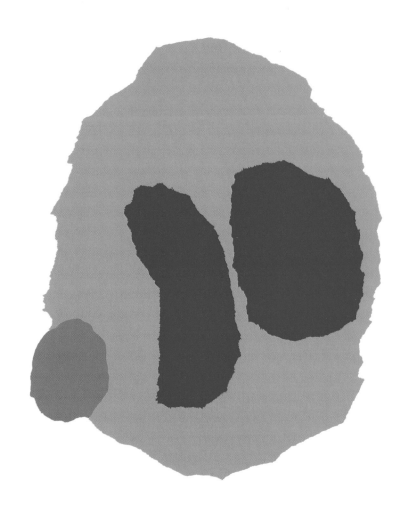

Mais Papa-Bleu et Maman-Bleu disent :
« Tu n'es pas notre Petit-Bleu, tu es vert ! »

Papa-Jaune et Maman-Jaune disent :
« Tu n'es pas notre Petit-Jaune, tu es vert ! »

Petit-Bleu et Petit-Jaune sont très tristes.
Ils versent de grosses larmes jaunes et bleues.

Ils fondent en larmes jaunes et bleues.

Enfin remis de leurs émotions, ils se retrouvent comme avant.
« Nous reconnaîtra-t-on à présent ? »

Maman–Bleu et Papa–Bleu sont heureux
de revoir leur Petit–Bleu.

Ils l'embrassent et le serrent très fort.

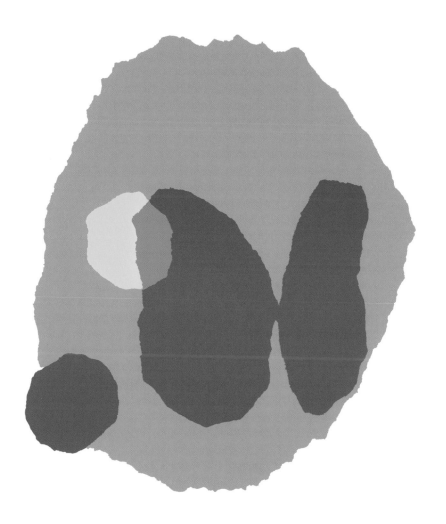

Ils embrassent et serrent très fort aussi Petit-Jaune.
Mais voilà que dans l'embrassade ils deviennent verts !

Alors ils comprennent ce qui est arrivé.

Ils courent à la maison d'en face porter la bonne nouvelle.

Tous s'embrassent avec joie.

Et les enfants s'amusent jusqu'à l'heure du dîner.